AQUARIUS

AQUARIUS

AQUARIUS

AQUARIUS

每個人心中都有一座島嶼，
藉文字呼息而靜謐，
Island，我們心靈的岸。

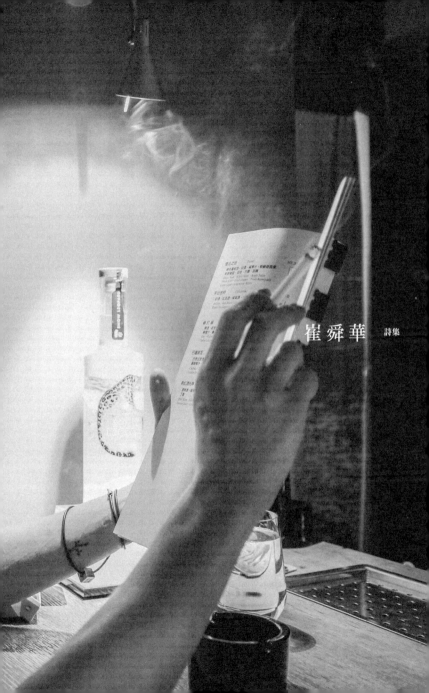

崔舜華　詩集

目
錄

輯一　大夢為秋風所破

輯二　人生全都是錯的

輯三　鼓勵大麻與四月颱與裸體沙灘排球

輯四　婀薄神

附錄

病妻手記

1

我像那些為胃病所苦的作家變得多疑

仲夏黃昏迂緩的劇場在我的髮裡

靜謐地排演

我舉起野莓形狀的乳房

給每一個躁動的小人侏儒餵養乳汁般的燈光

天黑時，第十一隻烏鴉迴折地飛下

我遲鈍地收集葉子，書籤，燧石

燉煮你雪白的襯衫和粥湯

再一天，我等待

感受臟器裡不安的循環

像一座巨大憂悒的城堡

布滿迷宮般的房間，供我遊戲

2

我在房裡拼圖，撫摸不存在的貓咪，互相撫慰地舔著手掌

我伸出細小陽具般的手指，戳進柔軟的感官暗房

從喉腔半途挖出屬於早晨的寶石

V，你不在家時無人願受餽贈

若你在我身旁

我又僅獲贈你勞動後感傷的子嗣

我是不孕的罪人，因你的憂傷絕育

在裙底的縫線

裝設憊懶的性徵

3

那一年我是這樣過的：

俟你出門，便略事打掃

在十數坪廉價揀索的家具之間

統御我輕諾而寡慾的王國

V，有時你中途返家

在T城滯悶無風的午後的光底

我裸裎著，向自己求歡

每一場貧弱短暫的禮物交換之後

我復決定愛你

七月的菸

一切字面意義上

我確實跋扈而不可預測地幸福著

春天過了，我的肩膀和雙腿

又添了新的抄痕

我喜歡極了，為它們取名作「難題的代價」
像一幅昂貴的畫像懸掛我們徒然的牆
狂歡，盛怒，揮霍無度，互為表裡
美德的聖地，我們並不理會正義

4
迎接冬天到來
整座城市鬧起感情的霍亂
我祕密的博物館更開張
我送你鍍金的票券
以絲帶與薄荷包裹
用綠松的墨水題寫受信人

第一件展品：「巨大的感傷之象
快速衰疲的有機體驅動力
客廳重組範例」
V總是看看，心不在焉
V總是輕簡而來，口袋裝著火柴，徽章和指甲
通過蜿蜒潮溼的漫長迴廊
一身乾淨離去
但你可知道，雨季再也不能使你清爽

5

我擦壞了第四對瓷杯，踩破了三雙鞋
領養貓牙般荊棘繞生的小床
遂行裸體擁抱的貪圖的洞窟
無數銀青色閃爍的鐘乳石往下觸探
受某一種音樂愛撫

我復患上了新的胃病
床榻連接櫥櫃連結玄關連接地毯
向前承接我灰色凝乳狀的意識
鋪展為我腹臍間茂盛肥沃寬廣
行走其上，我邀請你，無拘節度
猶如嬰孩遽然張開嘴巴
向世界索討隱喻的蜜桃

6

我復決定愛你，V。
話一出口，我就知曉了分離
我復決議瘦身，更換西曬時分的窗簾
米蓉，銘黃，種種土耳其綠──
我把玩顏色，舌吮著微乎其微
宇宙的震盪……

蘋果落地，覆蓋你薄涼的角質層
像體內的胎衣，無限向外延展：
「一個聲色物質的世界……」
V，你記錄自己的箴言
也漸漸失卻通往虛空的語言

7
我刮下脊椎縫際的灰塵
繳交生活的稅捐
你因失去了箭矢而深深地憤怒著
那憤怒搖動陌生的地界，邊際，關場……
它們始終使我困擾
愛彷彿疲勞
一切追求盡徒勞……

有時候，我也想起年輕的日子
我跟隨你的國土遷徙
重劃區域，又再次毀信
我們成為此城最忠貞的叛軍
在多水的地下礦脈建立流動的城闕
傳播複音的姓氏的孢株

8

追蹤你，逐破裂的日常瓶器而居

瓶口瀝滴而下的事件自主分裂

自己的意志，我最珍稀的事物

當我為一件細節反覆向你考究

直至你不耐起身……

我用力壓抑心中企求

只是你初識得我時

低頭不看我

卻握住我垂下的手

那是使銀河倒轉的強大命運……

9

位置，角度，光罩，顏色，聲量……

我以胸骨描畫記憶的線條

指揮輪廓之巨力

試圖還原你娓娓敘述的場景

用生滿棘瘤的疼痛的手指

挪動藍圖的準線

檢驗更精確的伴侶規範

但我再不能犯重複的病

V，你不是醫者

亦是一名焦灼苦燒的藍臉病人

你的疾難，在我們齟齬時頻繁發作

撕開喉嚨尖叫，痛哭

拖著枕頭啜泣顫抖，呼喚一個簡寫的幽靈

10

V，這一切對我來說都太困難了

我僅能木然擦拭浴室地板的髒物

你的，和我的，我們夜餘的進食和歡愛

擰成一灘薑黃色的小湖

我仔細收拾齊整

為扔棄的殘屍貼上標籤，予以歸位

我復穿上睡衣，躺平

想像一片無意志的雲

巍巍飛越城市上空

停留，猶疑

突然決意下沉

釋放催眠的霧氣麻醉城中上億萬個毛細孔

占據我們僵持的斗室……

拿走我——我祈禱——拿走我吧

V翻身，往後探索甜美的夢窟
我墜入不可見的事件的深井
愛撫夢中多爪的獸群

11

五官因強烈的失重而飛迸開來
心智如漿果一顆顆崩落
此後每一次接吻
嘗到炭和氮的氣味
你還能告訴我生活的真實嗎？
V，假設你出門遠行
我蜷縮在浴室角落猛烈地咳嗽
嘔出細小憤怒的嬰孩
揮舞核桃般的拳頭
拍打我失血的臉頰
我如同一名幼小的母親般
深深怖懼……

但我再不能這樣病了
每到黃昏，口燥舌乾
我來日甜蜜的大難……

12

V，我也想擁有這樣的一個人
他是一切定律的例外
沉重都市在石林地上
石頭間唯一自在的幽靈
獨立於重力場、時間的不可回溯舞台
聖嬰的拳頭和初冬憂鬱的勃起之外
永不發皺，永不生斑，青春不衰
我想告訴他，我一輩子是他的
他則對我說，他一輩子是我的

V，我想和你一樣練習睡眠裡的失重術
浮離夢境纖薄的土壤表層
足足三分鐘之久——
我幾乎聽見那不動之雨
羽毛的預感，微小的冰之指腹
輕輕攀上耳垂的邊緣
一道巨大的彩虹現身
引我抵達情感的蟲洞的甬道入口
誰和誰是十年
足以夸談永遠？

13

和你共度的南國的永夜

寬沿的樹茂迎接我於沐浴後隨意散步

四肢修長如春草

雙乳似新鮮的堅果閃耀發光

我感覺自己健康強壯，心懷感恩

為此驕傲而不無感傷地

散了許久許久的步

眼看就要離去

眼看就要離去

在柔軟平坦的夢中凍土的原野……

14

V，這對你並不公平

你不知曉我心中虛設的伎倆

日復一日，我腹內暗造的城邦越發堅固

凌晨四時許固定上演

「我們苦難的馬戲班」——

我暗中偷換了窗簾

掛上水仙花紋的一點懸念

從鏡子裡伸手從頭撫摸自己

一遍，一遍，再一遍……

15

我把腳裹進被單，像一雙新生的繭
等待你再度進門為我破蛹
V，你不在家時
我豢養的寵愛無人領受
某次，你挾帶夜的煙硝返航
港岸吹來細小的螢火，紅色藍色
我復擁有新的蝴蝶的標本

16

V，你不在家時
我為我們的影子創造複身的宇宙
經驗陋室中的美妙生活
蹲著澆花，用紙摺鍋碗，燉一點石和米
我的身體密掩但意識輕輕地開放、搖曳
如花叢中的短咒，受你遙遞的單詞策駛
被陽光，風和傍晚的門鈴依序應驗

我們將夏天最甜的部分裁半

我的肩膀、腕及腿面又添了新組的生字
像一隻流浪商隊的祕密集會
狂歡，盛怒，像一朵巨大的罌粟揮霍著篝火

17

午前十一點，微雨、薄涼
體溫三十七度半
我三十歲，轉開窗簾
讓眼睛覆寫霧的抄痕

我們在意識的海岸線中途巧遇
決定暫停，歇在自己的骨頭上
像兩把很瘦的椅子
一時忘記轉向岸邊
招來蜃樓的風帆

18

幸好我們趕緊迎來三月
三月溼潤芬芳，滿懷希望
城市中，櫻與百合的痢疾又流行
每一面牆

都罹患著愛的重癌

它們和我其實並無不同
我也直立，表情木然，為愛受難
在背光處感染了青苔
你握著飾以絲帶和薄荷的門券
走入我睡眠的展廳
中央的雕像命名為「理解」
它真的太嚴肅了
怎麼能用來裝飾我們的家？

19

我們也嘗試從未做過的事情
例如：借貸——例如：收支平衡
我們按期走向城市裡的建築
預支不貸還的隔季的快樂

或者去圖書館
從蒼老的書架上抽出大批的虛構和韻腳
掉落於思想的氈面
在你所能查閱的一切詞義上
我擁護這些事物的相反

20

V，我不敢向任何人透露

關於自己黑暗的貪慾

向最深的時刻

往烏鴉的巢穴，開採闇夜

想獨占你情感裡的黃金、煤床和鐵

但我太衰弱以至於僅僅是作夢

棉織的草原，肉身是馬

你勒緊虛擬的韁繩

在我們的意識裡

韁繩甚至不存在

也並不在於草

21

晚間十一點鐘，十一分

這城市的遊行開始了

執掌例行的清掃與跳躍動作

特技藝人模擬巨大的水晶鯨群

無聲優雅地游過塔台的尖頂

人們伸直紡錘狀的指尖
指點我下一夜的表演
V——你看見我嗎？
我就混跡在表演隊伍當中
抬頭就看見你
從五樓的陽臺低頭俯視
眼中映照對街乞討的孩童
——不為別的，他們索求原諒

22
你致力於散播衰弱的細菌
分贈糖拐杖，雪茄，銀製園藝剪刀
我在隊伍末端，轉頭就望見你
你生得那麼奇怪
卻處處為人所愛

V，這又是一個我得費心詳解的謎團
我還能正確地辨認出你的樣子
在糖漿、沸水和熱湯都結束的時刻
帳棚內響起巫女奇幻的歌吟
馴獸們抬起了手臂

吐露無解的預言

23

在一萬雙接吻的脛骨之下
在一支折斷的墨水與毛尖端
在凌晨
我真心領悟到：
這就是生活
從時間的柵欄間墜落的玻璃瓶
齟齬的箭矢射穿我們孩子的眼睛
搗破他們空洞的小胃小腸
炊燎半舊的米，刮除垂死的鬍髭
每日新生的疼痛的嫩芽
魔鬼斜躺的凡爾賽沙發下
懵懂欲夢的慾望

24

我真心以為這就是生活——
你的全部，我的全部
如植物蜷織青色的根鬚
瀝絞光和溼氣之後

臆下的坷塊……

25

我心中仍懷著許多重大的問題
V，你也不再為我解謎
你甚至已經不是謎
你不再是宇宙的軸轉，星系的樞蕊

V，你甚至已放棄了轉動
我看見，你推門而入
地上滾落昨晚喝淨的杯瓶
一小碗抽空的菸，無人再言飢餓
追尋甜蜜的生存風格的蟻群
繞行你腳下陣形排列
一具柔若無骨的女身……

但我還沒有掌握確切的答覆
我甚至沒能夠著地
心懷許多遠大樂觀的志向
貪婪無度
遭受懲罰

26

牢牢捆住一種接近零的慾望

在清晨不毛的荒土之地交合……

那勇敢的時代已遠去

如今，我們早就擺脫冒進的拓荒者

頂著被俗世通緝的風險草草了事

步入婚姻，從此宣示各屬不同的個體

立誓尊重、誠實、清潔

V，我們聊到對方的家族

那時候的人們多麼簡單啊

如此深信不疑，直到此刻

依然不曾動搖過地愛著我和你

我草草便受孕了我們粗糙的么兒

他在我荒涼的胎盤上夭折

我尚未真正觸摸你的頭髮

尚未為你寫下一首又一首懺情的哀歌

27

春天來得太快了
春天的一切都教誨我們許多
我們在春天老死，在春天復生
分娩一個又一個感情的死胎
未及睜眼的嬰兒，他甚麼都知曉了
它將為我們帶來春天的解答

28

初秋的新柳使我抑鬱
臟器發痛，心悸加劇
我將自己套進長春藤的皮膚
進入運載苔層的列車
抵禦九月——

災難即將到臨
人們揣著蠢動的念頭
我們在蛇的長腹內高速滑行
喃喃不休的身體令我頭疼
搖擺，扭動，自言自語，飢腸轆轆
同時失去尊嚴和耐性

更巨大的風景輾過我

更巨大的意志

由不明的王統治

錯誤的邦國

29

我進入錯誤的隧道

吞引錯誤的風聲和黑暗

田野——宿命之穗正低垂

三百萬頃綿延的拘謹隨高速的移動破碎

旋轉，從膝開始

鬆動一點率則

以脖頸弔他者的命

V，大蛇繼續盤蜒前行

30

我通過重重的考驗站在了這裡

如今，正準備一躍而下……

這團簇秀麗的世界
孔雀般向我展開它隱密的羽扇
我看見
紋路的漩渦之內
無數種更親密的內省方式
眼睛與眼睛探出
光感的觸角

V，我還走不到語言的邊界
無法更精確向你描述——
我心中還有多餘的愛情
要你將時光和姓氏皆託付予我
你還有那麼好的九月
遲來的秋天讓飛鳥嚴重地抑鬱

31
我再次看見你的臉，親愛的V
它被誰覆以穠稠的時間
握有影子，矗立以面向太陽
無光大地上，一間孤房

削瘦的鄰人穿越寡念的瓦片
門縫間一閃
一束記憶，切片的線球
訊息散放，如花苞之瘤

32
我們立誓，中年起熱心研究：
滲透，反動，再製造，神祕主義

然而，這是目前我們僅能要求的
最好的世界
具備最大參考值的分寸和清潔

我們也立誓，中年後
要徹夜浸在烈酒瓶裡
模仿年少孤苦的英雄
與半百的風流樂手並肩而坐
共奏一曲

夢裡，你第一千次驚醒

面向暗處啜泣

33

近日，我頻繁受人餽贈

想像的宴會裡築起了花樓粉臺

陌生的群眾吆喝著

邀請我登台扮演

假飾的母親，有吞鐵的初心

我倉皇逃離──撞見

一萬頭衣蛾走上雨季街道

租客拋棄了昨日的工裝

有人鬆開喉結，嘆息低語

不吝惜將臉孔

丟棄在春天的貓巷裡

34

我們曾談論愛情，食物和痼疾

時光在胃腸裡尋求毀滅

V，這也許就是你革命的小徑？

凡事物皆有制高點
就像你是我的手足
我是你的母親
你耐心等候我健康強壯
足以構成一個聯盟
讓你做任何事情都感覺愉快

交叉膝蓋
悠閒地抽菸，吃飯
輪班喝茶
伺奉愛的癲癇

下一次發作或該冬天輪值
我期盼渾身鏽斑的衣蛾吃淨
我體內多餘的光陰的溼氣

35
我期盼這場病像玻璃燈罩
霎眼死去，霎眼復活
我期盼你的冬日憂鬱
拯救我們僵硬的真心

我甚至期盼你不在那裡
不追究
我個人衰微的盛世
兀自上演

V，你知道再不會有
罌粟般的女孩生長
V，你嗅聞時光的汗晶
斗室內，空發一場品味之病
節目的台詞，我在卡片的背面為你記下了
失意的黑髮詩人默誦著：
「餽贈之愛
　皆如蝙蝠洞裡的棄土」

36
V，這是我病前的十四行
我經常感到與你共度的季節
像在小玻璃皿中
重複豢養
同一尾蒼白的金魚

睜眼虛度，浪費習字
必須出門掙活的日子
指針像戀人的肉刺戳痛我的心

——你的心是甚麼做的？
發條鐘或自來水筆？

偶爾談論這個，或那個
煮熟這裡，或那裡
一概失卻了出路，感到窒息……

37
我終究患得了新的胃疾
內臟血管肌肉神經
組隊為暗中勾結的荒蕪浮洲
在時光的短瀑之中
向前推開晦暗的群萍

感到口渴，於是放膽索討
如一把風琴急遽張開口
向世界索討一段隱喻的音階

在裸身擁抱的節操面前

我復決定愛你

夢卅

夢之一　貧窮時夢見櫻花盛開

夢見櫻花盛開

搭乘陌生的車艙

行過平滑的彎道

揣緊了手提包，使膝頭接吻

包在膝上，人正旅途

某種危險迎面降臨

一道近似暴雨的光線撲襲

洞穿雪白多神靈的三月

穿著風衣越過隧道孔

相距三節短劇的肩幅

旁邊的男人看去，我望著窗

窗面流過銀色荒誕的河

粗野的風景喚他作獸

下一分鐘

事物靜止，而失去了度量

命令我：往上看，看得越遠，越明白

比琉璃還貧窮的三十歲月

夢中僅僅櫻花盛開

夢之二　和你在永凍房爭論其他的問題

和你對峙在永凍的房

背抵木牆，四孔緊閉

窗面結掛不均勻的霧

好心留宿者背負瘀傷

美貌的女子於牆後倒立

像針孔底投映失去邏輯

球莖緊裹的風景裡

想起你的名字多木

無葉，帶刺

像軟泥地上最冷的孤挺

夢之三　雨中探視陌生的親人

換季時勤勞的咀嚼
然後不自覺地嘔吐了
一場雨糜爛而下
苦得像棟
白得像一次性耗掉的病

一個虛無耗費的溫暖的正午
後座的手像貓
環抱住你的腰
往南區去找第十三棟樓
朱漆牆，綠鐵窗
不具名的住戶投寄鄰人的臉

輪胎重複意志的流向
往常重複它深入內省的日常
你重複癢，你毛躁
遠方親人需要慰問與維他命
請觀賞《二十歲的我》魔幻家庭小劇場

夢之四　一萬隻蝸牛同時噤止聲息

一萬隻蝸牛從樹林間伸出角
接觸，我以往忽略的
挖掘耳朵去聽取
水的聲部

自無名之地射來光的箭叢
重影被壓扁，捲成筒狀
我們分持一端
聲波場上的一邊一國

從Ａ朝Ｂ望去
視線的尼龍捻作一道橋
引渡乳果木根部
一頭盲眼蝸牛

晶柱林立下的情色旋臂
揮發過臕的脂與血
城市火光肆虐

夢之五　晚間閱讀

正讀到：一小碗奶黃
一把薄荷
一疊敷過蘋果的網

句子也善於骨折吧
字像小舌般滴著水
胡椒和鹽的圈點
火在湯裡
而鍋在電上

你多想要成為別人
躺在低腳藤椅上
陌生的女兒繞著你的膝蓋
跳起不熟練的兒童芭蕾

夢之六　盲眼沙發的哀愁

能說甚麼好去形容
一張半盲不明的沙發

皮的哀愁是週日的象
「墨潼潼的皮毛滑亮如新織的星緞
　有人為此徹夜不寐嘔公升計的謊」

馬戲師對齲齒和脫毛厭煩
第三個愛人再次褪下衣物
露出一截沉默的尾巴

籍籍無名的弍角不等式的日子
同路的嶄新的厭煩
等量的懷舊的哀愁

夢之七　黃昏下永恆的水麵攤
──給S君

黃昏醒來，冰涼的光淹滿房間
胸膛上一根髮

需要被一雙強壯溫暖的臂肘
緊緊挽住……

一段細橄欖巍巍懸附於
風箏的喙尖
試探獵弓的指向

晚年的鴿死於肺的哀愁
幼小的蝸群生在火上

但春天吧，春天是
除溼機裡一聲咳嗽
喉頭那娟秀派的癮

分際渺茫的春天
年輕的信差來訪
從一樓到四樓按鈴

於是我們擁有了Ｓ君的包裹
他匆匆下樓挾一本克魯泡特金走進麵攤
蒸氣騰騰的處女莫斯科

半座死巷思索永恆
鹽飛霜，琴聲悠揚

黃昏下倖存不滅唯有水麵攤

夢之八　這城市使狗們意圖吠叫

這城市的完美變電機
有時甚至讓我妒忌
帶一條狗，帶一條狗
朝滿天針落的淫淫的春乳吠

領一條狗吠一艘將啟程之船
甲板上座落立誓永不遠行的軍隊
遠方的陣線啟動
這四月全蝕的陰謀

我更願意一個人
往聖彼得堡撒一場野
沿街拋送保險套，鹽和黑麵包
跳舞踩男人的腳
打翻威士忌
笑
抽那雪茄聽那小提琴

過生生死死的布爾喬亞的公寓人生
在眾人背棄的酒吧巷
打開列寧胸前的第一顆鈕扣

夢之九　清晨，冬鳥失足墜落樓梯
——給L

第一頁：清晨曠冷，逼近無能。
湖的冰喙搗破胯間勃起的霧
而哀鳴
你眼瞼閉縫處浮現兩座小小的山
安靜親暱促狹
如半身林布蘭

他推窗
扶住一枝斜長的綠
一株黃山茶錯誤地擱淺
於午後肺氣腫的厚底琉璃水器
打個手勢便有少女趨前詢問
菸斗渾圓的頂部抵住似花的胸房：
您需要甚麼嗎？

您期待下雪嗎？

一部充滿誤解的字首辭典……
克林姆，雪茄，吸墨紙與銀水煙
永無盡處的寢室
這柔軟與哀愁獨半具青春胴體坐擁
你起身經過斗櫃高懸的荒原
赭喙翠羽的冬鳥倉促
挨牆快步走掉
第二頁：一些不可轉圜之物。
孩子，鐘的舌瘤，雨打溼的套頭毛衣，和你

夢之十　一種關於書寫的典型

夢想一種關於書寫的典型
也必定關於被我們親手摧毀，揉搓，踐踏
而欲復不能而絕不可復的愛情

但你走過面前而我立即明白
恍惚憑一截角掩藏於絹雲之內
水的氣味

雨的預感

舌的苔原

使我萬萬不可

不可作聲呼喚

鳶尾的哀歌

轉世的棕櫚之海

暴雨下的詩人

閃電之間的樫鳥

夢十一　專心籌備末日計畫

準備一張床

睡眠在死火山的岩脈

準備一扇門

通行貧窟與娼寮的蟲洞

準備一道牆

從最高速墜落斷陷湖的電蕊

準備火，無盡的雨水來自

海洋，魚塭，勞役之港

馱柴的牧者從南方抵達
瞬間燧石擦亮

隕歿之月
那是另一支族群
從你鎖骨的旁系分出

你的眾生家庭劇院
大放十萬伏特光明
引燃獵戶座的銳角

以生活的蕪鈍
經驗銅與煤的試煉
與光磨合

夢十二　等待者的幻視

實在太久了使冬天過期
那副肋骨仍未開啟

沒想過雪也會腐壞

壞掉的雪像牡丹

柔軟堆積的鶴頂紅

水缸底部

青色的面具，鼻尖朝天浮起

嗅覺裡率先成形

島的預感

電冰箱底層

蕪菁的嬰兒偎在霜裡

孵著甜而無畏的夢

我們也該那樣做做

夢十三　點上金眼藥水讓自己好過些

大寒的顱骨

頭戴小雪的冠冕

倚著你心器的位置

像一記來遲的問號

月亮向來無辜
清晨五點鐘，十八分，雨。

藥房的女子動了情調
剪子絞碎半盆牡丹

滿眼金粉露水
湊齊一夜的癮

夢十四　關於那些寄丟的信

記得寫了許多的信
但沒有任何一字
抵達任何地址

我懷疑人們並不誠實
念頭一動
阻隔城市的牆開始融化
像奶油從奶油刀上滑落

人行道掀起，石頭下沉
你們之間還有聯繫嗎？
上次通話多久以前了？

每一次愛
都是拷問

夢十五　感激每一滴卑劣的萃取

清晨，隔門年輕的鄰居
撈起了日光的浮沫
開門走掉

鑰匙，盆花，風鈴草
——我不愛你了
又彷彿只是
——我會回來的

我多謙卑，心存感激
亂掉的芥子花自己整理

五月，黃金葛般藤蔓錯長的

日光下，微塵游浮

有人關門

夢十六　夢中戰時廣播

戰爭突然來臨

我還是情節的主人嗎？

奶油漆牆的別墅

孩子們喜歡的野餐桌

踩碎的麵包沒人理會

從玫瑰圍籬底部望去

木頭的空隙之間

蕊和蕊的吻

妻子和園丁熱烈地偷情

我的願望還靈驗嗎？

販售香菸的商人結隊通行

神色安然無異

餐廳更加擁擠
靜靜打著撲克牌
靜靜喝著燉牛尾

夢十七　刺青的鬼

她逕自炫耀著她的玫瑰刺青
我想把手伸進櫥窗
擰一條溫水毛巾
朝膝蓋扮鬼臉

夢十八　我不再面朝大海

就連果陀的花也極願意開。

夢十九　夢中占領事件

我想你不會來了
空椅子被強徒占領

我更加絕望

因絕望而感到
些微如蜂蜜的喜樂

陷阱就是誤解
意即愛情：
「熱天午後獨身打過的一盹。」

夢二十　養成定時理髮的好習慣

你又寄來西岸小鎮的信息：
去處　restaurant
胃腸　beef
你要的　black coffee

坐著發呆
鬱金香爭搶某種顏色之正確
嬌態之正確
婚娶之正確

你也想念深夜的麵和粥嗎
安慰　soup
禮貌的　pineapple

討人喜愛　Chicago

夢廿一　逐貓

我曾經熱望度過
極其短暫的快樂
如酒杯盛煙
不可求的觸感

烈日下煲一碗雪
你還不能知道
我的貓毛多麼
柔軟溫暖美好

夢廿二　無私者的演技

願意給人微雨的以微雨
願意給人松毬的以松毬
願意給人以河，就造一條河

在世界的背面

策反異謀者的心
使一切平衡

夢廿三　迷路期間的詠嘆調

每個從異地醒來的早晨
我是最擅長迷路的

路名是一頭頭的胎貓
用泥土與血膜
填塗門與門的空隙

每座樓都換了表情
今天，我路過「岩井翠林」
明天，他們卻「天地有情」

夢廿四　與房間商榷的必要性

房間嗆開自己
咳出幾根落髮
乾瘦的胸，舊羽絨

語言軟弱的觸梢

翻到一半的書

不排隊的字是風乾櫻桃籽

安安靜靜蹲在碗底

碗身倒扣，預先描繪著

世界的盡頭

聲音的獸群

夜來臨，霧尾隨

我們暫駐的小帳篷

像祂手心一粒灰色的繭

旅人在車站的陰影下臥平

枕著木的冰苔

作不可一世的夢

夢廿五　無門之屋

貓在腳踝處蹭出火星

幾根落髮燒盡

一株白梔欠身

合掌，閉唇，鎖緊柔軟的話語
妳讀冬季
如念一切咒

這世界殘敗，寒冷，無可商榷
少年時妥當貼身的春衫
吃下許多罪而脹壞了皮相

逆生的親族
掌緣的棘肉
妳失忘之物
似驟雨
似朝露

夢廿六　衍伸與衍伸物的美好憂思

永夜裡的大霧
釣魚人撈起一雙
爬滿珊瑚的舊毯子

讓珊瑚和珊瑚擁抱
讓水母與水母相愛

衍伸，一個進行到
一半的伸展動作

繫了一半的舞鞋在空中停頓
指著麥子
抵達金色

夢廿七　視線與觸角交接

舊相機在桌下
如一頭黑天牛巧妙地平衡著
世界的感官

夢廿八　短摘

瓶中之瓶
青色的紫藤花

吃吃竊笑的風

坐擁一種禪的作派：
早起，烤麵包，塗指甲油
問候親愛的水槽和碗

夢廿九　誤會使人團結並保持乾淨

現在並不把貓交給你
但可以給你果醬
咖啡，奶油
司康

你穿著花色紊亂的襯衫
像一株雜色海棠
痛快擾亂了我的眼睛

錯覺，乃屬誤會
驚鴻一瞥
如露如電

夢卅　於貓

有時以為人們都在說謊
擎起自己的手凝視良久
看得夠久，將會往下墜落
下面就是現實

現實就是沒完的雨
雨，又自卑又可憐
我有了錯覺，人們都在演戲
只能假稱有另一項任務
套上草綠的皮大衣
到僅有沙子的國家去

那裡風大，並且有貓
一頭白底黑斑的貓咪挨近
我把自己削得極薄
穿過牠銀針般的瞳孔
交換一段
友好的撫摸

貓最好心
貓最誠實

事情清楚了，地下道
的鑰匙就藏在年輕
的妻子的腰袋裡

獨身者的醫書：火在髮裡產生想法

少年像熾藍肚子的喜鵲大量浪費著夜晚

當他意識到每一扇拉閘與街道在五個小調間重複

螞蟻的隊伍，在散視的眼球皮膚上
搜索糖份的遺址

以肋骨與
尼古丁的
警覺心,尋
找手提行
李的同盟

從溺水的船瓶底部打撈旱季的詞條

相覷靜坐的鐵皮劇場,觀眾把 3D 眼鏡扔下座位,投票反對心靈魔術

建康的肢
城的領土

豊,割分我

黃昏溜進書舖的後門,飲水需求屬於思想問題

我不再被授權去安置一輛車的感情結局

漸漸被室內
的太陽吃掉
——骨頭很
嫩,不便聲
張

成熟的人該掉進蛋和蜂蜜的陷阱裡死過幾次

早上醒來，
尊敬那些失
去讀音的詞
彙。它們教
我許多,年老
後還堪生火

虛寒之人致力旅行,追求一種雪的公平

通指言渠 物，語水 萬電引的

認不得的生字

像喝水的鹿
蹲在空中看我

輯一

大夢為秋風所破

事物

1

如何能迫進地抓住那誠實的珍獸
——緊握牠，除非牠意圖逃走
在碩大的流亡家面前
春天長出皮毛
字典增重了幾磅
顯得神色慚愧

坐下／起身／穿鞋行走
作一個人
便有了領和袖的好處
不否認過敏和抗辯的跡兆
在事物與事物之間
神盜取了捷徑
一不留心溜走

2

討論最大值——集合，質數，定律
尋獲一隻比較大的眼

安裝你新摘取的內臟

宇宙每次晃動
便削瘦一點
使我更加敬重
鉻的事業

鉛孔，銀牙，鐵的時間
去完整誰陶瓷密燒的心
談及怪癖，也算得上收藏家
兩人晚餐：最基礎的考物誌

在盤殮間快樂
像一尾魚，解開鰓衣
初學直立
便曝光真心

3
這是我友好的身體
這是我熱情的手勢

一份美妙友誼的開頭：

知更鳥，皮鞋，環保擦布
專心閱讀《保養視力的二十道妙方》
比恨自己的愛人更投入
我們總會找到方法
在事物的抒情之上

路邊遇見親切的肉
半輩子你都讓自己炙著
深夜無人的生鮮超市
你唯一認識的對象是克羅德‧克洛特

4
且讓我們繼續喝水
遵守氫與氧的格律
生活，為嬰兒購物

抵禦慾望，悲觀主義，宏大建築
勇赴那令你傾倒的困難的愛
克羅德長伴身旁

我不介意遭受意淫，或主動意淫
整座城市懸掛在我們的胯間

晃動，如宇宙初生時，瑟縮顫抖

歌手，百貨，嶄新的祭典——
又一件陌生的事物進入
我解開袖子的鈕扣迎接它

5
與我無關者
又與你何其親密
而亢奮了起來……

地下鐵的折道裡，我看見
一名紅襯衫的男人
和一萬種不同的流向擁抱

我們應當把握正面還擊的機會
當事物來臨
便無所歧疑——

一隻蛾在我所在的額頭上燃燒
我展示最破舊的光的戲法
重新學會礚口的詞彙

為每一支腐朽的局部

嵌裝宏偉的發音

6

承前述：

螺絲／蘿絲／裸視／摟死……

我述及刪節

我成為刪節

你擄掠全部的細項

抵達語言法外的空曠

7

萬物皆有節度……

它揀出我們之中

最尖銳的一個

緊握之牢

預備刺殺王儲

或者飛鷹

伏低背脊，低進最縝密的草叢

荒漠上，一株牡丹獨占它的心

而我將為人所擒
展示數億年來不完全的進化
我們的缺陷
弱點的汪洋

遭遇寵愛，或旋即分開
生活是凌晨孤身
一顆牙疼著

8
我已旋開「隱藏」
剜開一小段「懸掛」

語言亦是詭計……
同你交談，陷彼此於
最膠著的反義

我只嘗到苦……
每一次越趨偏僻的旅途
每一處荒蕪的細節

庭草與丹鶴繁衍

「舊事」牴觸「新生」
不論有無感情
誰都默許革命

9
我始終為命名所苦
再無膽敢於自稱「好人」

想必你是無比善良的
水鹿般的眼睛，下一霎已然熄滅
我質疑自己——萬物皆幻覺
無愛不寂滅
它授予我定義：
荷床上，一把匕首
月光的動脈正裸露於大地——

10
宴會散盡之後
一些線索留下：
吳爾芙的菸蒂，里爾克的格紋手帕

卡夫卡遺落了領結

文學無以為繼——有人誇誇而談
掄起口琴，吹短短的蕭邦

少年和姑娘們專屬的時間
刻度，齒輪，健康的牙齦
誰還投身制度的網罟？
若我們誤陷情網，彼此要脅、勒索
鑲金的屍首，泥地上的月光
萬頃神祕緘默

11
活在地上，這麼漫長
這麼冷，這麼安靜
遍體荒涼

離開了事物，你失去了一些
方向，確鑿的幸或不幸
我們只是石頭
某人一夜破悟
我們將要成為石頭

用最硬的心向萬物持平

他者的幽靈聚集冬天第一波寒流
世界的冷入侵我的骨頭
你是其中相反的一節

12
觸碰一枚鑰匙
就能忘記你是如何
從一百支籤之間
抽走最薄的那捲

愛我的那個人
在飛灰中直立著身體
我想他不畏懼命運

一輛車靠近，很快離去
這不是我所預想的旅行
誰是鎖？誰是行李
誰在十萬英里的高空
用眼淚覆寫一行氧氣

按熄一座燈塔
我從不靠近海
也不再想起

13
選擇一個男人
和他從「一無所有」開始
讓他在荒貧之地
咀嚼你僅賸的肉和乾糧

沙丘背後，一座通天高塔
手掌攤開兩枚琥珀貨幣
背著他抵達另一份文明
去暗市交易鼠尾草和香菸

要人愛你──這並不容易
他已盡了哀傷的本分睡去
黃葉下，一隻燭

和他對看，切記四目交流
你選好的，得再用肉來換

14

你們才剛剛認識
你的鼻子是雪林地上的星星
你的慾望是雪

你們剛剛認識
你絕不會知道，幾年後
時光已成廢墟
你的居民接連老去

你絕不會知道他也病了
愛是最強悍的營養
有甚麼不使戀人健康？

這就是盡頭——你想——這才剛發生
熱湯——湯匙柄——結霜的屋頂——拼字遊戲
你們剛要彼此認識

15

事物正召喚我——
從凌晨破落的旅人酒吧
大孩子們消失的儲藏室

我聽見聲音

我觸碰實體

巷弄——瓷縫裡的文明——刺客搭上便車——

一個新王國降臨，人們還在途上

脫落的毛皮，岩石間冒出春菌

16

十分十分燙手的心

只是說出便灼傷了嘴唇的那名字

覆舟之下，游魚飄盪，珊瑚群已關閉

水中錦緞沉落，預備悄悄托生

隊伍末端，一行落後的註釋，拖杳延遲

容我託付這貧窮的盛世

眼見繁花無苞

有時綻放

生活及總總必需的前傳

這時，還不需給我食物，肥皂或鞋
沐浴時，一千頭小蛙攀上背
從內部絞動齒輪
調動鑰匙的妄念

平行於麵包，蛋和宇宙的切片
我低著臉走路
以耳紀錄：晨風與冬鳥
羽毛，露水，虛構的溼地的日光

穿越街市，閃避橫渡的傘匣
人是船，人是水槳
為禮讓併攏膝蓋
意外碰犯了命運
最輕細敏感的環形公路

傘尖：時間的錘線
向虛空投擲魚喙狀的預言
提醒我們防備：

一座密閉的階梯

一只腳印，乾裂的沙粒，梔子花

你將路過一場黃昏的海市

我還不能理解，人們如何演算自身

用一次性的「不得」、「不可」

贖回雙份的「也許我們可能……」

萬物從頭來過，繁星似幼雛

愛排列陣形，教我領略生活

嬰孩與羔羊的流浪隊伍

在肋與胃之間隨地遊走

以「局部」布置「完整」與「全部」

殘餘的夢指示

引導我脹氣和嘔吐

撞見清晨冷空氣裡

一株盛開的白木槿……

眼前還不需餵我食物，木或者炭

描繪隱居族人的索圖

交易機能和營養的禮物

陷阱，識別，記住凹陷或其他
在昨日擦拭皮鞋
從明天更換床單
還不需捨我以食、以水和傘
跳過一個坑窪
穿越另一疊碗盤

在日曆背面記事：
退出舊時代，離開大劇場
握住一隻乳房
從乳酪的匙孔裡習課
尋常飢餓歡欣的日子
我解開門鎖，胸衣和髮束
它們不通向你

吞嚥是賭
肉身是餽贈
祕密微小幽暗

詞彙課

首先，從
「一無所有」開始……
調整節奏，押韻，側身擁抱
禮儀與所有荒蕪的細項

我們迢迢跋涉詞彙的曠野
文法似狼，為我等人埋伏
誘引粗心且幼稚的牧羊人……

牧童在河邊牽領芒花的隊伍
衣角勾動一日的落雪
這風景，被喚為「重新開始」

最強悍的婉約來到門前
使我們一夜理會了
何謂短好的「相思」和「安眠」

一千座廊前微燈初上
我祈禱：讓女人們美若桃林

善於古典的調味和織錦

讓男人用脛骨去戰爭
匍匐於長草間，獵捕「宏盛」和「青春」

讓少年容許春天裡所有的「無心」
讓眊弱者諒解秋天、埤塘和蜻蜓

讓病人緊握「不朽」
讓旅人收穫「目的」

讓孩童學習金子的戒律
再沒有一名母親要為黑夜命名

生活。呼吸。奔跑，再奔跑……
直到抵達我們夢中
「壁」與「火」的界線──

艱難的時刻已降臨
一切將被定義
一切將不再定義

我們朝「來日」投身而去
在「今日」的屋簷上連夜唱歌

而那鴉群中的獨居者
身陷流沙
「愛」，活像法外之徒

學習課

如今
我已學會走路，思考
吃煲熟的飯菜
被夢獸攫獲前，及時握住
正確的路牌，門把，鑰匙

如今你也學會一個人吃飯，搭車
讀許多許多的信
容許自己來自
不能被翻譯的鎮名

學會打開一個房間
或關閉一扇門
在我們再也不觸及的場所
談論故事的失去和應得

相關或無關
擁有且一無所有
你得用很大很大的胸膛

去擁抱這小如砂蟹的世界

在站立中學習
在失敗的手術室學習
新的肢骨長好前
去學他人戀愛，生活和旅行

模仿一滴蠟
而學會了哭泣
模仿溫室的嬰孩
學會慾望和感激

學會只落下一滴眼淚
控制技術，精準，比例
只忍受可容身的話題
長成於吝嗇，嫉妒，喋喋不休

願意在春天的清晨
做最後一個誕生的人
在黃昏翻閱時間，學著為記憶斷句
為最潔白的押下烏黑的韻

我正前往你
——致零雨

地鐵上我看見一個
低頭讀著報紙的男人
他戴著鳶藍色的毛線帽
側臉的輪廓像
一個逗點停留在
移動的雨水中

開啟一個句子：
「明日的體驗，時間的
經濟恐慌症。」
右邊，一個穿套頭黑毛衣的婦人
側著臉，越過一排肉色的欄杆
鉛字的玉米田裡
兩隻黑麻雀啄著

海像海浪，美好安靜
暖氣氤氳的車廂內
年輕的母親抱著嬰兒

從小小的鼻梁間吻他的臉
她的愛像雪
被許多雙鞋子經過
成為一面極薄極薄的水銀

塔為標記，雲散佚
向北通往車站大廳
中年旅人手指摸劃行車路線
探勘月台的地質層：
左上角的櫻葉紅，接
下方第三條山雀黃——

我該前往哪裡
才能從頭認識你呢？
旁邊的女孩脫下手套
露出鳥類脖頸般的白皙手腕
她用手機打了一則簡訊：
「あなたがいなくて寂しい」
我們快速通過雨
即將抵達一個地名叫日暮里
此刻比以往都要來得
感覺更加接近你

——2014年4月3日・人間福報副刊

健康的日子

如今我甚麼都沒有了
只賸下妳和妳的貓咪
金絲貓養在夏季的玫瑰園
失去的事物像雨
一落下成為影子

不停擦乾身體的那些日子
都過去了像睡前外出鎖門
偶然瞥見的一列急急駛去的火車

一個專心看書的男人
在夕陽金色的絨毛裡讀到：
「如果我們的革命是
其他革命後再革命賸下的
一點銅渣連用來補蛀牙都不配」

我很想問該怎麼辦呢
該替那些
甚麼也沒能讀懂的人想

甚麼辦法好呢

替他們每人叼上一隻菸斗
填滿印度大麻和字母猜謎的混合物
他們便都認得自己的號碼
相安無事返回座位剔著牙了

至於那十五個變裝成
俄國芭蕾舞團的恐怖分子
就讓他們拆組他們的古典去

我已厭煩這世界在我面前失敗

我已厭煩這世界在我面前失敗
萬物皆有償還，秋天來到，流水過去
蛾在指間的星象裡碎滅
錶投入石砌的井，為時間嘔吐的波瀾

宿命的繼子，隱喻的寵兒
搓一段絲繩擺弄老者的青春
我們是枝椏，花瓣和蜜蠟所組成
跨越草原和女人粉裙的隊伍
我們有失復的決心
我們決心重複失去
母親，香椿種子，鬈髮的馬群

帶離你，從你的煤煙和大雪
借我一隻老又倦的菸
我會贖回我鋒利的器柄
在吐息之間
割開太陽緊閉的眼瞼
——2016年1月8日‧人間福報副刊

野放

我是憑靠憤怒而活的
仰賴錯誤，咖啡，香菸
仰賴林地與蛇
蛇信曝露的空缺

仰賴空白填滿
重蹈我不堪的晚年
滿坡黏綠色的藤枝
十一月，子宮的灰炭
擊破愛侶的喉嚨

鬼針草，鬼針草
多鹽多刺，我母親的木麻黃
誰無心替嬰兒起貧窮的乳名
珊瑚駐進我的鼻腔
螞蟻的女兒
在我膝上繾綣旒行

野放的海域

龜繭的草結

渺不可聞的分裂傾向

在自己的背面寫下註釋：

「生活，不可得的慾望」

我是憑著貪心而活的人

秋天的海

是最髒的心腸

你們在我的詩裡都像天使一樣白

二十歲
我把我的心臟贈給這世界
春天，合歡在指尖綠得像刀
順雨勢下滑，剖開
二月的胸肋間
女兒們紛紛落了地
石頭間裸臥一季
肥瘦長短，這豐年

三十歲
我是冬的嫡派，狐狸草的姻屬
俄羅斯式的日光敷於城的鎖骨
像一記吻，時光外的青湖
我淘空了喉裡的情話，像一帖藥
交由為愛犯病的少年吞服

我還沒要回我的心
還有待履踏的異鄉
欲探望的友人

那麼多產，繁忙而充實
只需要木瓜與荷，便感到疲憊
卻快樂

我還能拿甚麼贈給這世界？
一點點日子嚼膩的苦的渣
你們在我的詩裡都像天使一樣白

陌生物

我們既不能維持憂愁
亦無能懷抱絕望
在眾多角色裡
語言的機器運作
身披白綢的王儲
武士之道的盔甲黑

若有血
那是薔薇迎來的仲夏
七月在瓣與果之間熟成
每一滴雨水
仿鑄女修士的預言而降

每一次奮起
求生，咀嚼
和黑夜與樹木肉搏
觀想無面目的神祇降臨
陌生的身體芬芳新鮮

趕不及趁青春造訪的
羔羊般的原野，柔軟而遙遠
住民荒蕪，草木的流言搖長
藉你的伴侶辨認他人的親密
重新習得世界的戒律

走路，吞嚥，呼吸
從頭崇敬水與傘草
春天的鴿衣，我再也穿不下了
髮絲脫落，引發大火，蝴蝶
大理石碑之詩……

橡籽與松脂等種種。
墜落或飛翔等種種。

大夢為秋風所破

九月高空
烈光生婉的影子
誰是偷換的枯櫻的孩子
遮蔽皮相與柏油的臉部
揭起白髮女工的獨目

為秋日作結——
在大地中央劃
一道旱與人的界線
在栗子和芒田之間
把靈肉翻轉
撒開語言的芒籽
九月夏花如大夢
藍石的荒野，黃狗吠叫的幽默
何時，我們應慶祝
祝福，許多人健康美麗
許多事將要進行

我則未及阻止
是否應當起身
使地心，傾斜半座鼻翼
偏頗地生活，去袒露傷口
在日光之下，嘗試作
整個誠實而赤裸的人

而你正生如夏花
給過我大夢一場

零

若此非你的問題
也不應分作我的

婦女編織的披肩
亞麻巨大遼遠

超乎我曾想像，觸摸
遠遠眺望過的
森林的邊境

或許是雨水
抑或是時間
或可能是祕密地漂來
滿載嬰兒的蘆葦的小船

船底
水花安靜地
使石浮
使魚沉

這些事情不經述說
便遺失了語言

孩子駕駛著霓虹馬車
從孤獨的砌屋人面前
快樂奔跑通過

假使豈非該你
也不輪到我
一座隧道壯大或崩塌
兩人共砌的幻想

這次換作我從你夢裡逃逸
無疑地抵達另一個盡頭
像遙遙的異國的玫瑰花圃裡
陌生人的門鈴

被夢喚醒……
他們滿心歡喜
享用松露和苦艾酒的晚餐

如果成為旅伴

久久疏忽了聯絡

河流不再經過孩子的家

河流甚至忽略了

它應享的祭典

如果問題裡有你

我還算算數嗎？

還下棋，跳舞，闖進下午的聚會

插一束香頌的鳶尾

在鬥牛士的瓶中

我們命令船重來，雨重來

火在柴上重燃

我命令森林

只為鵲巢重生

遊戲回歸起點

數到零

它並不開始

輯二 人生全都是錯的

短則

沒有甚麼比現在的幸福
更加不幸了
把身體密合地縫摺
晚晚的
雲的預示
比所有未履行的誓
還要莊冷的

那冷
畢竟是精神性的嬰兒
產自上世紀思想裡的繭
任何手也難以塑型
白貓春草
皆無可比喻

夢境似鵝羽亂生
隕石的掌寬
握緊時空的繩心

一種悲哀

宛然浮現

梳頭時，後頸長出陶灰色的霰

風開始颳了

星星違反起初的許諾

降命予人

我只看見

分離的雪地，針草興盛

我要告知眾人：

生活即兇殺！

你也沒習慣過

直到現在還是找錯鑰匙

乃至，被陌生人緊握

雛馬也忘懷了故鄉

眾心之門

闔即是破——

早晨，徹夜未眠的風琴手

挾著一個驕傲的音

從樺樹林中走過

問題

得摘走多少顆罌粟的鼻子
才能答應下輩子一塊逃亡？
被春天凍過的包穀田
我的鄰居拋來一只問題的赤玉米
麻雀，金色的頭顱
嵌在日蝕的烈空中
取代太陽

畢竟是拿稻草的野心家
演化來的哲學的長相
彷若嬰兒，在母親的中央
穗低低的伏在乳房下方
在海邊，一指長的珊瑚
黃昏的冬神
打開雙腳

得耗費多少相對於降生的利器
才彷彿感到杜鵑猝死的決心？
響應愛的夭折，在革命裡

觸碰另一隻冰涼的手

列寧鬆開世界的右邊

拳頭捏著黑麥的麵包

與你緊緊相握

──2016年5月6日‧人間福報副刊

人生全都是錯的

——致Z

我錯怪你了——人生
太晚醒來，走過
丈夫的房間
一灘死夢，腐萍漫生
黑衣神背著雙手等待
牆上的盤子，盤子裡
哲學式的名伶和蘋果

這都不是真的
是我錯怪
月亮的獨幕劇揭起
借酒痛哭的人啊
華飾取寵的紅色褻衣
如何自道——欺騙與痛苦的美詞？
何等巧妙
像我誤讀的妊娠

虛無甜美的撫慰

伴侶的知心，天堂的輕柔琴音

養壞的兔子和魚

假的貓噂嗚假的滿月

還有假的衣櫥裡

鋁箔製的日出……

我還能夠錯怪你嗎？

若大麻和苦艾之間

有條小徑

通往宿命

從此永別──

人生，無限地侍奉自己

描著眉毛幻想大好明日

帝國的灰燼

廢墟升起的神啟……

如今該說甚麼

才可供你重建

大火焚毀的事紀

若我軟弱

再度錯認

你是湖塘中金使者的另一具替身
而人生之所以無情
之所以而欺騙，而痛苦
而厭倦，而憂憤死
之所以全都是錯的
人生全部是錯的

●

像我這樣的人
對你已無所奉告
華珠粉妝的敗類，甚至一度
翻肚曝曬於烈日下
獻出荒原般的下體

六肢蜷屈的亡蟲
又黑又髒的胄甲之心
像我這樣竟也
忝然呼吸，徒步，行走世間

「典型病徵：遺棄的恐懼」
我配不上我的鞋子，帽子

銀皮束帶蕾絲，曾愛我之人親手
揀選的生活如松莓林菓
要整座灰禿的平原：
「一日比一日
更好起來」

我忝然擁有茂密年輕的頭髮
展示他們
展覽我烏黑而深邃的心井
甚而嫌棄，愛人的姿勢
走路時，喝水，或做愛
我不是妻子，朋友或女兒
吳爾芙和邱妙津，原諒我
野草中的朋友請原諒我
世界照常吞嚥
我的孤行和毀滅
夸談愛情，信箋浮起的郵戳
並肩散步的象徵性
灰雲聚集的病院塔尖……

●

愛中盡虛偽
我向你袒露蝮腹的毒路
每一棵垂墜的牙尖
給我惡報的果實吧
塞滿我妄言的舌頭

「妄想：最古典的瘋狂──」
自私的導盲人
醉酒的走琴師

請不要這般看我
我也不再看你了
關閉這個夜晚，還有下一個
黎明將臨
成功者有輝煌的王國

我甘願
被灰色的草徑埋斃
連墓誌都失格的女人
我本不該習字

面對空白，背對景深
一頭鑽進迷宮樓房
幽靈環繞的平庸工廠

大膽欺世吧！
憑那不腐不敗的緣故
且永無可能
向你奉告

●

已經服下了藥，兩倍的雨量
非常樂見，夜晚九時的城市
我是一條空心朽木
木外皆是惡海

軌道運行，日降落
不足為外人道的偉大與渺小
但我懷育潰爛的胎心
沿街嘔吐，毒殺玫瑰

只是貪生怕死的孬種

徒有虛表的發音：
生而在世，截此為止
你到底做了甚麼？

我究竟做了甚麼？
反覆核驗再摧毀
一頁一頁，虛構的未來派
焚之欲死，賴活，恐怖——
被遺棄的恐怖，獨處的恐怖
獨自面鏡，被迫撐大眼眶
一千遍撥放無樂的勒索的恐怖……

真實的麻袋裡，我暗握利刃
毫無遲疑地
向上萬次的胸膛刺去——
那人待我有真心
那人是薔薇晨露
那人是金龜振翅

泡影
如夢如電
一頭敗血之貓

面朝黑空，節制地哀泣
我想詢問你——偉大的Z
神應允我們的帝宮
它在何處建立？

●

文字，修辭，句讀
他們遞給我針，遞給我線頭
語言，凶光閃滅的匕首
無數細小惡靈的動機
因緣死生，不過集合

絕不滅熄……我握緊刀身
一次又一次洞穿
子宮和宇宙，虛擬的飛行
縫紉的里程在臉上
像恥辱的刺青

億萬。千萬。百萬。萬。千。百。十。五。四。三。二
來到零。
是該揭穿我逃蛻的鱗皮

Z，我示以你者，不過香草美人捲菸身
纖病懨懨
皮相影戲
我該有甚麼完好之物再訴與你？

一隻菸，點燃它了無罣礙。
故菸草亦然無恐怖
故捲菸人已駕帆遠離
港岸燈火
顛倒夢想

●

為了引電的涅槃更加顛倒
由內裡到皮毛
一千尾倒懸的蝸牛
在屋簷前扮演春天的風鈴草

你該抽回手──
萬千扎目的粉身色相
黏液如謊言
如瓊漿與汪洋

莫札特自動響起，在耳內
神經束的腰部
彈跳著狼與蜈蚣之舞
除了滅亡與降生，他者的輝煌
有甚麼值得扒一碗粥
黃昏時偷生？

四月不值得活的
（你想……）
除了清潔的姑娘，清潔的菸斗，帽子
白襯衫胸前映出雪亮的黃金葛之春
四月不值得活
而五月或許更加

●

極致——從喉腔吐納
一架瀕臨綻放的薔薇的車床
針尖上的人立著跳舞
倒懸的鏡子
我所嫉妒的傀儡的美貌

極致——在蕁麻和荊棘之內
攫緊意圖的路徑，使其降雪
北方的一萬個春天同時頓悟
證得松的境界

抗爭的道理
相愛的難題
我不曾想過再提起手骨
在草灰上俯趴
寫下一行蠕動的咒術

密密麻麻地，做一個
輕飄飄地總被遺失的人
時間的麻索打響喉嚨的渾結
套住盲者的舌頭
少女的頸項
似秋天的鴿子斷送

猶泛光滑的胸膛
被肋骨的親信嘔出
美好品德的膾餘之地

高地把熱風挾入脅下
從酒杯的陰戶逃跑

下一座夕陽：尊貴，高尚且無限……
生和死的使者各抽一袋菸
拍拍褲面，挺直膝蓋
翻空口袋
一無所有

●

大風雨裡
城市的嬰兒浮筏而來
深夜的大風雨
北方的春天扶舟借道
白薄衫的女人，是山茶的替身
電從露中問路

「怎麼能夠……
懷抱邪惡的感情
活得這麼這麼久？」
深巒的奇獸大舉壓境

吞沒十萬草芥

霧消滅時間

真理，火災，脆劍——

辯論不休的黑夜

掛佩信心的裸身少年

頭朝下投入海底

成為珊瑚的旁系

五月，九月，漿果塔——

薔薇和君王

撮辮胎髮的母親

赤腳晃蕩著鞦韆

藤蔓，和藤蔓的延長

人們穿越雪地的產道

割麥的工人抬著粗釀的烈酒

紛紛打道回家

●

辯詰不休的黃昏

我替自己鏟開道路

替妹妹和丈夫的房間
疊造日常的戲碼
總有人樂在其中
清理桌面，十指攤平
水晶的罌粟提煉傍晚的霾色

堪稱一種聰明——
隨意抽出一冊字典，朗讀：
「磁星（Magnetar）／分娩巨大磁場的星體」

天文的詞藻取之不竭
展示親屬關係的奢侈
爭相填充肉眼的幻視

因為看見：你有身體
陷入癲狂的腳趾
如琴弦劇烈地抽動——
液體的音符，於黎明痛快地
潑洗布爾喬亞之都的靜脈

階差，青苔，波派的隱士
四散的乞丐如羽絨

我的臉龐，不配向光
削減削減肢體的聖潔
以手術精準地剷除
聖潔裡多餘的器官

愛中有畸零
天與崖割裂
光與無光
同時降臨

●

丈夫在晨後沖澡，我偏過頭
看見漉溻的聖潔的塑膠浴簾
謙卑地承納
春天的受洗

沸水如雲雷……
藍銀草垂憐的窗台
街上的畫家閃爍一瞥
素描處子臨終的更衣

彎曲金色聖潔的臂膀

鳶尾花綻放於耳鬢

愛琴海的船隻

航行至黑夜到臨

移民聚集，示威或歌唱

隨之擊發最後一枚子彈

宏嚴的告別式，隨煤氣瀰漫

開展一章嶄新的敘事……

告別革命的窠臼

相繼失竊的案情不斷來訪

我鎖上門……

宿命的流星從裸露的乳房出竅

吉普賽的少年

牽走唯一的單車

穿越人頭鑽動的潮水

記憶的廣場顯露閨矜的空蕩

迎接創世後的瘋狂

鴿群在呼哨

加百列的金髮遺腹子

懷托美肉和鮮花，熱忱地嘗試

一齣無對白的戲本

且刺出了畸角

●

Z，如今你已理解

M的悲劇：傘篷下嚴肅的希臘史詩

輪番緊接是馬戲表演

大象的腦波接電詩人的神經元

你與我的悲愴

里爾克和李斯特

剃刀狀的詩論與指甲敗裂的琴鍵

有何分別……

Z，我謙卑地向你賜教

在酒精四散的清晨五點

你赴公園散步

肩膀披著雪白的毛巾

瓶缽裡，乾燥的書頁與花石

盡責守候你斗室內

無窮盡的秋光

人子的椎痛，人父的劣名
人心無可轉圜的堅硬與弱小⋯⋯
我們的生活究竟是為了甚麼？
究竟為了甚麼，日復一日
螻蟻般的反覆竟也產生
獨立的哲思？

Z，我想再次循你而去──
神應允過我們的
乳與蜜的樂園
在哪一片樹蔭下熟成？

●

血與腐乳的晚餐課⋯⋯
同樣又黃昏，我再度經過
丈夫的房門，縫隙瀝露無鹽的沙漠
電視宣揚眾人善解的愛憎
庸俗使銀草凋零

我心嚮往的聖潔啊——
你在我二手購進的打字機中嗎？
你在因日曬雨催而剝落的家牆粉屑中嗎？
在我從他人的京都
盜取的狐狸的快樂中嗎？

腹痛如絞的深夜
威士忌，安眠藥，暴風中劈啪咂響的木板門

還在那之中嗎？
你佇立於波絲菊與酢醬草的庭園
學嬉皮的舞蹈，蓄著短短的髮
你還在那裡面嗎？
我們的生活：苦痛，謊言，惡意與善美
還能被偶然相處的掌心
沉默地撫平？

作一名藏花的哲學家
你在北國的歲月
為南方的詩人押注
為棕櫚剪葉
烹滷麵包樹果

上好的生涯，盛裝在鋼食的瓢盆

Z，你讓我想起宏大
概念的純善
械鬥的失敗

你讓我想起時代
想起自我是多麼微不足道
多麼孤獨而厭倦，濫情而耽溺
這卑渺如跑蛛的人生……

然而，跑蛛並非是錯的
不昇起的浮萍也不足為睞
瑪麗安她水仙白的長髮無聲顫索
我也手抄了你的預感，關於
道德的難題，養花的章法
人生之所以而貧困，而失意，而焦躁，而欺瞞
不過是一隻蝴蝶
交尾後，輕巧淫蕩的揮別

世間，袞者錯矣
青年們大舉迷途

誰不想交易青春豐滿的熱帶少女？
生作病患，啟動朱唇與旅行計畫
烏雲般濃密的青絲……

一切不自曉的快樂都錯了
如此早早地知曉人生
我們全部都是錯的

我老成的宿敵

不說甚麼話地度日
喉裡久久噙著一粒核
那麼安靜就像
一枚老了懶了的松果
被逆行的星軸擊落水面
語言是雪
許多人踩過了就變髒

半日之陲
夜取一撮
吞服嚼劾
永不竭衰的末世風景
我多慾而渴臥的身體

追索更新世
下一條磷凍之河
房間內，我鎮日面牆習字
從疾病的翡翠孢子
提造俳句與十四行的煉金咒

雀鳥的顱塚

光的毛細孔

從石榴和菩提的縫隙穿越

窺視A城之內──我巨大且

健美的永恆的情敵

它伸長鐵蟹之臂

穿街翻巷而來──

我曾盛開如罌粟

黃昏依舊是我最老成的宿敵

──2015年2月1日‧自由副刊

橋

我走過了橋
走過磚石與裂縫之間的土壤
它們竊竊私語，橋下
河川疾步逕走
水逕自流，一如

永遠不會再醒的夢
等於永不再閉鎖的睡眠
雨逕自下，風逕自路過
柔軟而透明的巨大傘幕下
每扇門開啟又掩上

路通往另一條路
出口設下更多的入口
我進入時
正好那人離去
無數隻類似的雙人舞
世界為我們形成絕美的平衡

比方說：定律。

比方說：動。

如何在不愛的時候愛上那人

如何將最好的時光

凝結為六月的晨露

懷抱疑問

我走過了橋

橋與另一座橋之間

記憶阻斷了漩渦的低語

輯三　鼓勵大麻與四月颱與裸體沙灘排球

有的人天生軟弱

讓我再一次　和疑問交合
讓我張開羽毛和頭髮
釋放我心裡不孕的母獸

此刻，我非常非常非常渴望地
把自己套入一雙粗糙的短靴
深陷一則不祥的啟示

我卻不情願走
在你喊死以後
從中斷的電影情節目擊
前半生踽踽跛行
地表　最不毛的夜丘

有人天生和愛一國
有的人天生軟弱

無事的光陰中我相信你
無光的夏晝中我相信你

我聽候你，直到滿溢
我兵候你，銀鯨遊行的潮汐大隊
逼近我們居住的
荒涼而卑小的城

不招風的房間
被你觸摸，我成為
地底一朵飽思欲盛放的
滿惡之華

地點富含顏料，水脈多疑
而黑暗豐饒
被你擁抱，我感覺
肺葉流動煙塵和尖叫
這流金歲月──

你不在身旁的日子
我面相如花，全部
全部朝南方開放

尚未回神的暫熄的爐火
颱風前夕逸逸地午寐
一個人滾落一地　礦的預感

山的影子壓過來
門外有木，即將崩壞

轉播鏡頭追逐幸福的現行犯
你看　有人面若春花
有人感情氾濫
有人天生和愛一國
有的人天生軟弱

如果我是文化部

如果我是文化部
我想拯救你的音樂性
辦一場國際研討會探究你年少的韻腳
刮斷鬍髭時觸引的腔體共鳴
我想給你一把吉他，一些外來語
一批翻譯之後篩落的新興詞彙
我想調動一整群小說家
要他們用最繁複的敘事技巧
描寫你耳鬢鬢髮的細微結構
我曾從那裡看見日光瀝漏
我曾緊貼你耳廓的岩層
聽取海吐息一整隊獵鯨的方舟
夕陽西沉，我又開始想家了。
我想提撥二十年安家款贈與罹患憂鬱症的詩人們
單單為了你眉骨的線條
細緻一如九重葛他青俊的瓣脈
我想印刷你，我想複拓你
把你的名字燒進濃郁的陶
放進每一本廚具型錄的選購眉批

我想濫權行事，在每一份文件上簽字，打勾，任意畫線
我想把權力燉成奶油馬鈴薯燉肉
在十二月的夜晚分送給街頭的單車手
我想幫助所有初熟的乳房實踐行動藝術
在城市的心臟地帶實施器官交媾手術
舉行一場狂歡。一次展覽。一門儀式。
我想要整天整年地抽菸，宣導尼古丁的隱喻性
在新年時用雪茄浸伏特加灑向門廊祛邪避毒
以十戶為單位，發放別針，春櫻浴衣
菠蘿油和咖啡因
弨平文學院建造罌粟花圃
每天清晨，新馬克思主義者蹲進會客室的小羊皮沙發
飲早茶，彈唱工運歌曲，商討學術親善交流條例
我將鼓勵破壞。
鼓勵抗爭！抗爭！抗爭！
鼓勵大麻與四月颱與裸體沙灘排球
我想聘請一名性格乖僻的搖滾樂手
問他究竟怎麼樣才能完全不留餘地
深深擁抱另一個人
且毫無畏懼。
我再也不恥於言愛了
新世紀開始了，我將全心走向你。

革命者之夢
——給L. F.

唯最多夢的革命家仍躑躅於石室
尋找年少失竊的影子
頹老的愛人面壁坐著
恍若夢中的白馬獨行而來
我從身後撫弄他柔軟如時間的鬢髮
九月的大雪覆弭春日新生的獸

孤島，夜港，一意孤行的跛者
傾毀一整座語言的宮殿
僅僅完善了一行火的修辭
微量的哀愁攀附旅人的腕上
遠行的雁掠過埋頭地底的河

陌生之域，大陸如浮舟
該如何精確地測知所有
如雪地裡早發的蒲公英的夢的航向？
壯年的愛人擒抱北國最滿的月
為年輕時一封未捎的信
淚流滿面
——2014年12月11日‧人間福報副刊

題為「親愛左派巴西情人」的一首詩

那時候你突然對我說
　嘿！有一天我一定
　　一定要出一本詩集
我說好啊那你出了我也要出。
此時雨落下來
風伸張手指，揉散灰色的鳥群
很久以後，雨中的人行道上
雨像水銀，鑽進骨頭的縫隙
我看見對街一個瘦瘦的男人
短髮，西裝，少年白
他就像你的身體學生的一個詞彙
一句讖語
一種偶然的考古
一雙筆畫簡潔的眼睛……
我們等待燈號號誌亮起
各自通過馬路
大約臢二十秒的時候
他大衣的袖口輕輕抹過肩膀
夜裡，使肩胛生出奇異的胎記

像雨中四散的鳥群之間

唯一停棲的紫色羅雀

我走到陽台，折下曼陀羅的嫩枝

決定寫一封信，問你近來好嗎？

是否還記得出詩集的事情？

像用一片楔型的琉璃

在隕石湖的湖面寫字

語言像舟，犁過藍色水藻的田畝

我想你的詩集應該就叫「黎明沙龍革命論」

或者「天竺葵廣義命題的十五種方法」

又或者可能只是像「給二十」或「羨青春」之類

不太複雜或多義的……

也許，到頭來

不過是我想得太多

這麼久了，現在的你

已經不計較早發少年白或校際聯合刊物

大抵是生活太艱熬

而路太長，就像那時候的我們

坐在頂樓，迎著晚晚的風

抽菸，甚麼也不做地

望著遠方起伏的黑色的海港

唉我終於想起來了那時候你說

不久以後要出一本情詩集：
《衍伸和註釋的羅曼史》。
我沒說甚麼地抽完了菸
走過街道，燈號，群鴉
革命分子的黃昏市場
整座城市裡每一張
各擁其姓氏的椅子
揀一處坐下
再抽一根菸，寫一封信
走一段長長的路
像過了很久很久
才讀完題為「親愛左派巴西情人」的一首詩

輯四　婀薄神

春天之一

1

你由著孤老的囚徒主宰這萬端不願的世界
你由著嬰兒生養純熟的皇冠篩落煙雲的珍珠
你憑藉遊戲獲得首發的聲息
不孕的森林妊娠異樣的松果
你任憑血與血之逝殞，石與卵重獲生機
你在罪犯逃逸的荒野低下臉哭泣

群眾從除名的天井搬運斷株的罌粟
廣場上掃盡落髮，建造藏匿的房間
聲音涼去
記憶如薄紙
編纂的隊伍高舉颶風的陣形通過熄燈的長樓
你掌心握緊一場乾涸的祥雨
攤開覓得時間的結晶
霰形
似雪
或其他我們所不識的名諱
異國語的使者再一次利用了黃昏

垂手施展重韻和黑霧的騙術

推動了命運

2

我試圖重新理解一個詞彙隱藏的意義

它從內部向我翻啟另一張未見之牌

伸張脊骨的細項，如一朵恬白山茶的綻放

關於春天，春天之前，搖落的野生的棉絮，棉蕊中的母親

短相思的邪靈佔據處女的腹地，在日落下

成為傳奇

永不懊悔

3

誰從遙遙的玉砌的時代拖曳白雲的衣裳而來

第一萬種的輝煌，黑夜煙花排列其上

手執磚片，銀瓦，琉璃彈的家族安定下來

滿天星辰

霎燃霎死

就連僻難的法術也引來雀鳥的注目

連你綱襟上的繡邊也簇新如蛻蟬的識字

神從植滿胡椒與貓兒草的家中徒步來

腋下挾著閃電寫成的信
搭上夢中斑鳩的列車出發

4

這場夢意外催動了春情
鹿群去吮吸薄倖的霜花榨滴的酒精
撥開肉裡深藏的鎖舌才開了竅
霧中，風景的邀請：
馬纓草式的叛變
乳與麝香的逃兵
滿城春色，無以為繼

茶桌上盤圍於櫻梅之際的博弈
密室內抖落舊髮，披戴翠鳥的斗篷
沙丘推運華麗的馬糧，從南面前進
你住在杜鵑和山蛇雜生的水邊
荒誕的寓言與勞動尚未到來
來拆卸流蘇墜懸的小腿

火是春天的爐匠
愛是廢鐵
鈍重輕易

5

小城ㄈ喜歡你因著努力瘦身而拋下的一切

小城ㄈ裡留髮辮的女士苗條美貌

小城ㄈ的木芒拋來櫻桃色的眉眼

女兒的唇形近似一席小而軟的

貓的襪子，逃亡的細雀踩著穿過落日

你所想像的這世界並不為你描畫

沒有人理解那沒有所謂的理解——

彼此信任，倚賴對方，餵食桃子和白麵

小城ㄈ盛產警言和少年的塑像

有一位朋友在那裡但他不記得你

曾經賃居城中，意氣高興，為人所愛

喜歡若有若無的煙花，在雪天

小房裡的新酒，危機逼近的氣味，雛虎的絨毛

像你沒擁在懷抱裡的樣子

6

的的確確臢下自己一個人了

走在午夜般深密莫測的青苔的階梯

去閣樓上，向昨日的山靈撒謊——

放一把火吧

我不騙你

7

你可知道昨街那青苔色的鬍子已搖落
三月日光剪斷無隙之牆
每一扇窗，皆有牧神之花
似妖妖的少女走在畫眉的杖頭

黃昏的神靈又迫降
而我想著往事，在火上亂畫
這春天造亂——
幾叢鶴葉、牡丹和焦糖正作響
我想到了你，想起一只丟掉的荷包
想起腳底探進海面，變成珊瑚的時刻
魚石俱擱淺
一會兒我便有了琥珀般的思慮
關於青春安康，永恆的作樂
永恆停泊，一艘錯身之舟——

傷心的賭徒你可知道
城市已關閉了它的獨眼和胃口
你曾坐擁滿是雪和蜂的春天

烏黑鬚髮不可識

青草美人不可求

你可知更好更盛大的流離就在眼前？

讓我乘坐你肩膀離去

玃虎的幽靈捲土重來

8

我並已確信自己是對的──

即使，早已經非我所願

無顱首的櫻花──儘管地採吧

在不容側身的路口流血

以青銀的酒爵背叛我吧

以爬滿紫翠藤的石頭

砸凹我唯一的良床

在春天跌落命運的谷底──

如眾人所願，草莽裡跪禱的民族

入夜之前壓住一道喉嚨裡的風

風琴的烏鴉，被你迷戀

像你本來就不像的那樣去生活

挽起袖子，割草和歌唱

雪白的襯衫挽住稻草人的臂膀

穀的隊伍，搖搖晃晃
走他們要好的小吊橋

春天來了，春天將走了
春天她也不願意多說甚麼
毀滅我唯一的良人──
我的貓抽菸斗
我每天替牠洗碗
搓楊柳的魚腸
滋飽牠銀眼的細胞群

春天之二
——致廖志雄

眨眼間，房間內只賸下一個部首
站在心底非常偏斜的畸零上
一種狹隘，也是一座野性的高原
我與你走在各自的黃花田
過去這麼多年

這麼多年過去
房間裡只賸一次眨眼
食秋天的馬，作春天的蟬
無肉身的蝴蝶，尋問語句的蜜
薤露，與午光的附屬
來自日常的漂流物

總有一天抵達成為
總有一天成為甘心
無盡和有限，我都該恨
那都好像是你

——2016年6月18日‧聯合報副刊

春天之三

黃昏裡關於霧的盲點
箭有電的路線
立誓要站在圓的中央
為葡萄說項

我還是確信明天是對的
藍信鴿雙雙孵化的季節裡
總有一件事是對的

婀薄神　absent

我為你擺除一切苦——
萬事視你為啟示
罌粟中升起太陽
照耀殷勤而至美
那眾生繁相

迷途的神諭
我為你而不再滯行
雨落雨停之間
柏葉懸垂的蜘蛛線
一如愛裡，微言大義

共飲一杯咖啡
雷電的季節
我心清澈，樂觀所需
夢中信奉的婀薄神——
簡衣素顏，無施恩典
纖弱的蜈蚣偷進我殘敗的肉身
無可獻祭的春天

誰也不在意的淡景裡的蕭邦

我依舊深信，眾生存有法
依舊執著一點顛倒夢想
僅僅我不再攔留
或耗除我輩此生，萬種歧疑
伏特加，遠山，五月的霧紗麗

婀薄神──我已臣服生活
妄語的巴別塔
塔下埋錄我身世的事紀
隱躲一個祕密
分娩國王的死胎
無所謂地蹲在路旁
以敗葦祈禱

過路人，你可明白行走的意義？
你永遠比自己想得更鈍
捨棄晚餐，交談或擁抱
世紀的孤雛手執獨根的蒲花
平庸地盛放

【代跋】

你曾親眼見證我的生活

你曾親眼見證我的生活

在太陽下老去，在暴雨時復生

廚房裡，我培植孤尾的蘿蔓

用我多孕而豐饒的三十具身體

在牆與磚的縫隙裡

妊娠我們隱形的嬰兒

透過我模糊擴大的

肉的視野

你曾親眼見證我們的家

青灰表斑的宿疾

困頓於眠與醒，房與窗，夢與謊

每一塊短針縫線的交戰區

獨自舉行無聲的獻祭

致意——向我們從未擁有的

公園斜暮，塵球般參差飛散的明爛秋光

初夏，絨毛無名團塊蠅群

向盛放的春櫻，雪地裡的鴉羽

向你曾經遠遠跋涉一座相連另一座荒頹的廢墟……

獲得一些啟示，一份救贖，一次換取

背著你，在離家和返家的途中悻悻然讀取

換日的啞戲

渡世的短謎

你曾見過我光華煥發的時刻

叫作無悔的永恆的青春

如今你見我在謊裡老去

在火裡復生

在破敗的灶前剪夜合草的脖子

每一片葉如一句誓

每一道咒，都像烈酒醃的

舊時淘汰了的愛人衣服

宇宙中最不可觸的——

裸的禁忌。

你曾親眼見到我一無所有

隻身來到你的面前

披髮素臉，一意

孤行宛若雛鷹

《婀薄神》 詩集 簽講會

·主講／崔舜華 VS. 羅毓嘉

·時間／2017年4月20日（四）
　　　　晚上7:30

·地點／紀州庵文學森林
　　　（台北市同安街107號）

·洽詢電話／寶瓶文化：02-27494988

（免費入場，座位有限）

國家圖書館預行編目資料

婀薄神／崔舜華著. --初版. --臺北市：
寶瓶文化, 2017. 03
　面；　　公分. --（island；266）
ISBN 978-986-406-080-1（平裝）

851.486　　　　　　　　106001829

island 266

婀薄神

作者／崔舜華

發行人／張寶琴
社長兼總編輯／朱亞君
副總編輯／張純玲
資深編輯／丁慧瑋
編輯／林婕伃・周美珊
美術主編／林慧雯
校對／張純玲・劉素芬・陳佩伶・崔舜華
業務經理／李婉婷
企劃專員／林歆婕
財務主任／歐素琪　業務專員／林裕翔
出版者／寶瓶文化事業股份有限公司
地址／台北市110信義區基隆路一段180號8樓
電話／(02) 27494988　傳真／(02) 27495072
郵政劃撥／19446403　寶瓶文化事業股份有限公司
印刷廠／世和印製企業有限公司
總經銷／大和書報圖書股份有限公司　電話／(02) 89902588
地址／新北市五股工業區五工五路2號　傳真／(02) 22997900
E-mail／aquarius@udngroup.com
版權所有・翻印必究補助出版
法律顧問／理律法律事務所陳長文律師、蔣大中律師
如有破損或裝訂錯誤，請寄回本公司更換
著作完成日期／二○一七年一月
初版一刷日期／二○一七年三月十四日
ISBN／978-986-406-080-1
定價／二七○元
Copyright©2017 by Tsui Shun Hua
Published by Aquarius Publishing Co., Ltd.
All Rights Reserved
Printed in Taiwan.

國｜藝｜會 補助出版
NCAF

愛書人卡

感謝您熱心的為我們填寫，
對您的意見，我們會認真的加以參考，
希望寶瓶文化推出的每一本書，都能得到您的肯定與永遠的支持。

系列：Island 266　**書名：婀薄神**

1. 姓名：＿＿＿＿＿＿＿＿＿　性別：□男　□女

2. 生日：＿＿＿＿年＿＿＿＿月＿＿＿＿日

3. 教育程度：□大學以上　□大學　□專科　□高中、高職　□高中職以下

4. 職業：＿＿＿＿＿＿＿＿

5. 聯絡地址：＿＿＿＿＿＿＿＿＿＿＿＿＿＿＿＿＿＿＿＿＿＿＿＿

　聯絡電話：＿＿＿＿＿＿＿＿＿＿＿　　　手機：＿＿＿＿＿＿＿＿

6. E-mail信箱：＿＿＿＿＿＿＿＿＿＿＿＿＿＿＿＿＿＿＿

　　　　　　□同意　□不同意　免費獲得寶瓶文化叢書訊息

7. 購買日期：＿＿＿ 年 ＿＿＿ 月 ＿＿＿日

8. 您得知本書的管道：□報紙／雜誌　□電視／電台　□親友介紹　□逛書店　□網路
　　□傳單／海報　□廣告　□其他

9. 您在哪裡買到本書：□書店，店名＿＿＿＿＿＿　□劃撥　□現場活動　□贈書
　　□網路購書，網站名稱：＿＿＿＿＿＿＿　　　□其他＿＿＿＿＿＿

10. 對本書的建議：（請填代號　1. 滿意　2. 尚可　3. 再改進，請提供意見）

　　內容：＿＿＿＿＿＿＿＿＿＿＿＿

　　封面：＿＿＿＿＿＿＿＿＿＿＿＿

　　編排：＿＿＿＿＿＿＿＿＿＿＿＿

　　其他：＿＿＿＿＿＿＿＿＿＿＿＿

　　綜合意見：＿＿＿＿＿＿＿＿＿＿＿＿＿＿＿＿＿＿＿＿＿＿＿＿＿

11. 希望我們未來出版哪一類的書籍：＿＿＿＿＿＿＿＿＿＿＿＿＿＿＿＿

讓文字與書寫的聲音大鳴大放

寶瓶文化事業有限公司